이번 차는 그냥 보내자
황규관 시집

문학동네시인선 128 황규관

이번 차는 그냥 보내자

시인의 말

 출근길에 아이들 놀이터 주위에 심어진 나무의 가지를 모두 잘라내는 것을 보고 격분해 시청에 따졌다. 그 이상은 자르지 않겠다는 약속을 받아냈지만, 퇴근길에 보니 이미 가지를 잃은 나무의 모습은 차마 보기 힘들었다. 한두 번이 아니다. 나무와 풀과 냇물 없이 살아와서 그런지 현대인의 정신이 사막이 되어가는 것을 자주 느낀다. 나를 소박한 자연주의자로 불러도 상관없다. 인간은 다른 존재들이 지어준 가건물 같은 것에 지나지 않는데, 마치 독자적으로 진화해온 것처럼 우기고 있다. 맘대로 하라지. 나는 오늘도 흐르는 냇물을 보며 내 영혼의 모습을 가만히 상상해본다.

 2019년 가을에
 황규관

차례

1부 인간은 모두 호미의 자식들이다

2부 시는 당신을 아프게 하려고 온다

3부 과거가 납빛 같은 회벽일 리 없다

4부 우리는 노란 참외 꽃을 가꿔야 한다

1부

인간은 모두 호미의 자식들이다

총파업

불을 끄고
자동차를 멈춘다

지상의 모든 길들이 막혔던
숨을 내쉬자
꽃잎이 입을 크게 벌리고
햇볕을 한입 베어문다

망치를 내려놓고
긴 편지를 쓴다

완성을 거부한 사랑이
버려진 시간을 다시 부르고
달은 붉은 피를 쏟아낸다

공장을 닫고
고요를 한동안 머물게 한다

화물선을 쉬게 하고
선술집을 일으켜 세우자
첫눈이 내리고
벌레는 비로소 잠이 든다

심장에 고인 폐유도 사라진다

강물은 다시 흐르고
눈동자는 활활 탄다

호미

인간의 가장 위대한 발명품은
풀을 매고 흙덩이를 부수고 뿌리에
바람의 길을 내주는 호미다
어머니의 무릎이 점점 닳아갈수록
뾰족한 삼각형은 동그라미가 되어가지만
호미는 곳간에 쌓아둘 무거운 가마니들을
만들지 않는다 다만 가난한 한끼를 위해
이른 아침부터 저물녘까지 몸을 부린다
인간은 모두 호미의 자식들이다
호미는 무기도 못 되고 핏대를 세우는
고함도 만들지 않는다 오직
오늘이 지나면 사라질 것들을 가꾼다
들깨며 상추며 얼갈이배추 같은 것
또는 긴 겨울밤을 설레게 하는
감자며 고구마며 옥수수 같은 것들을 위해
호미는 흙을 모으고
덮고 골라내며 혼잣말을 한다
그러다 혼자돼 밭고랑에서 뒹굴기도 한다
전쟁을 일으키지 않는 호미야말로
인간의 위대한 이성을 증명하지만,
산 귀퉁이 하나 허물지 않은 그 호미가
낡아가는 흙벽에
말없이 걸려 있다

모래의 시간

1492년, 콜럼버스는
수만 개의 수평선을 넘어
낯선 땅을 발견했다
화창한 어느 날이었다
원주민의 노래와 웃음은
눈빛이 충혈된 선원들의 고향을
불러냈다 마음이 붉어지면
남녀는 숲속으로 들어갔고
새 울음이 허공에 뿌려졌다
역사는 언제나 겁쟁이들이
두려움을 떨치려고 한 기록인 것
콜럼버스가 제 안의 노예를
그 낯선 땅에 풀어놓자
노래와 웃음을 사고파는 거래가
페스트처럼 번져나갔다
그 힘으로 들판과 강이 방적기계에 부어졌고
증기기관차가 광야를 토막내었다
콜럼버스의 고향도 사라져버렸다
잎사귀의 몸짓을 지우며
모래를 넘어 모래가
밀어닥쳤다

불의 시대

물을 흐르게 하려고 불을 피웠다
바람을 독차지하려고
불을 켰다
때아닌 눈송이를 보려고
어제보다 많은 불이 필요했다
식어가는 사랑을 위해서도
불은 지펴졌다 먼 바닷가에서부터
꺼지지 않는 불을 시작했다
강물을 막고
지구의 기억을 태웠다
골짜기를 어지럽히고 산마루를 무너뜨리고
마을을 가로질러 불은 달렸다
시를 쓰기 위해 불의 허리를 일으켰고
잔치를 위해서 불은 타올랐다
어머니의 부채질을 끄고
마당가에 우북했던 어둠도 지우고
달빛도 별무리도
모두 버리고 불을 피웠다
대지를 태웠다

슈퍼 문

우주에는 차가운 침묵과 암흑물질만 있는 게 아니다
이를테면 반달이나 은하수,
어스름이나 새벽녘, 그리고 청천벽력 같은
정오도 있다
공전과 자전 사이에 양털구름이 있거나
달에게 한 움큼 베어 먹힌 이빨 자국을
앓는 태양도 있다
가장 큰 달이 뜬 오늘밤
아직 잊지 못하는 얼굴도 있는데, 그것은
겨울 계곡과 닮았다
우리 안에 너무 많은 목숨이 있는 것이다
그래서 영혼은 뜨거운 진흙덩어리
본질은 진보나 정의가 아니다
마당에 넌 도라지 씨처럼
과거와 현재가 뒤엉켜 있을 때
우리는 빼앗긴 기도를 되찾을 수 있다
싸움과 적막을 함께 다루는
연금술을 몸에 지닐 수 있다
마른 들판에 강물이 번지고
저 달이 폭발하는 태초를 다시 살 수 있다

큰 싸움

멀리 돌아다니다 오면 그날 밤은
잠을 잘 이루지 못하고 새벽녘에는
깊은 곳에서 몸살이 찾아온다

너무 많은 길을 욱여넣은 탓일까

빠른 속도로 벌레의 눈빛을
꽃잎의 색깔을
산모롱이에 허리가 흰 냇물을
버리고 온 탓일까

처리해야 할 사무와 변제해야 할 부채와
이루어야 할 약속이 길의 심장을
대체한 탓인지도 모른다

이렇게 속도에 부서지고
효율과 이윤에 몸을 내어주면, 몸이 먼저
그것을 아는 것이다
높이 뜬 구름도
석양에 가난해지는 강물도
누추한 슬픔이 되는 것이다

죽음도 작아지고 마는 것이다

그러나 이렇게 앓아야만
이 세계가 얼마나 잔인한지 보인다
그러나 이렇게 버려져야만
몸에 새겨진 굴욕이, 숨을 내쉰다

아픔은 그래서 다른 종으로 넘어가는 끓는점 같은 것
뼈마디 사이로 불어오는 신의 숨결 같은 것

때로는 아픈 게 큰 싸움이 된다

토끼와 어머니

달에 사는 토끼를 학살한 건
아폴로 11호였다 인류의 환호였다
그날은 내가 한 돌이 채 지나지도 않은 때
달에 사는 토끼는 그렇게
우스운 우화가 되어버렸다
훗날, 내 눈에 보이는 커다란 토끼가
토끼가 아니라는 생각에
밤길이 싫어졌고,
어둠은 무의미해져버렸다
우리는 그렇게 진화해왔지만
어머니는 아직도 땅을 경작중이다
그러니까 달에는 토끼가 살아야 하고
어머니는 점점 지구가 되어야 하는데
자식인 내게는, 그리고 내 자식에게는
달에 사는 토끼도 어머니의 검은 땅도
단지 몽상이 된 것이다
아무래도 우리는 실패한 종족이라고
강물을 막은 댐의 높이가
아예 말문을 막아버린다

노래를 꺾어버린다

어린 은행나무
―권정생 선생 살던 집 마당에서

　조각배 같은 집 뒤편에는 말라붙은 물길이 있습니다 범람
하는 물을 막자고 흙벽에 양철을 둘렀지만 폭우가 쏟아지면
선생의 몸을 닮은 조각배는 수만 마리의 물살이 될 것만 같
습니다 사람들이 모여 사는 마을과 멀리 떨어진 채 개울도
차마 건너지 못한 곳집처럼 때로는 새벽하늘을 먼저 깨우는
교회 종소리처럼 혼자 서 있습니다 좁은 방에는 아이들이
삐뚤빼뚤 써놓고 간 편지를 사진 속에서 말없이 읽고 계십
니다 하느님은 하늘에 있지 않고 장롱으로 썼다는 고무 다
라이 위에 있다는 듯 빗물 한 대접이 『에티카』처럼 펼쳐져
있습니다 흰 왜가리 한 마리가 점점 단단해지는 벼들의 고
독 위를 저만치 날아 논 귀퉁이에 다시 앉습니다 가신 지 아
홉 해가 지났지만 선생의 슬픔은 아직 이 세상을 떠나지 못
한 듯했습니다 평생을 아팠으니 죽어서도 이곳의 삶에 부대
끼고 계시겠지요 대홍수 때의 방주처럼 낡고 작은 집은 아
직 앓고 있는 것 같습니다 하지만 마당가 은행나무 아래서
는 여기저기 어린 은행나무들이 자라고 있더군요 (희망이
라니요 그저 생동입니다) 맑은 하늘이 보이지 않는 그늘 속
에서도 어린 은행나무들은 두어 장의 잎을 매단 채 다음 잎
을 피우느라 열중입니다

　강아지똥 위에서 뒹구는
　개구쟁이들처럼 말입니다

길

계곡 위를 날아
저 산에서 이 산으로 가뿐히 넘어왔다
강물을 헤엄도 없이 건너왔다

빈 논이라든가 다시 오고 있는 새라든가
햇볕에 사로잡힌 바위는
내가 되지 못하고

오래된 시간들을 빼앗기면서
더 큰 죄를 완성한 게
저 길들이다

여기저기
밤이고 낮이고
달리는 저 길들이다

내가 길을 달려온 게 아니라
길이 내 위를 달리고 있는 중이다

폐지 줍는 노인

그는 내게 몇 번 웃으며 알은척을 했다
다리가 불편한지 자벌레처럼 걸었다
어느 날 밤엔 길 건너 어두운 골목에서
폐지를 줍고 있었다 그리고 지난 토요일 오후에는
한 움큼의 신문지를 들고 내 앞을 종종 지나갔다
그는 부패와 협잡으로 부글거리는 세상을
모두 폐지 더미로 보내버렸다 새벽을 가로질러
우리집 앞에 도착한 신문이 하나둘 사라지기도 했다
장성한 아들은 눈동자가 무너졌고 얼핏 본
그의 살림살이는 폐허의 내부처럼 구불구불했다
놓치지 말아야 할 적들의 음모와
내쫓기는 난민들의 사진에 손대지 마라고
나는 두 번인가 그의 집을 찾아갔지만 아랑곳하지 않았다
그의 세계는 오로지 천 원짜리 지폐 몇 장을 위한
땡볕과 비바람의 복판인 것 같았다
아니면 눈에 보이는 모든 게 그의 적일지도 모른다
동네에서 그를 알아보는 사람은 아주 적었다
언제나 그림자 같았고
진부한 안정을 깨뜨리는 무음(無音) 같았다
그러나 그는 날마다 나의 적을 새로이 일깨워준다

내일의 적이
막 현관문을 두드리려고 한다

가장 큰 언어

가장 큰 언어는 들을 수 없는 언어다
오직 몸짓을 통해서만
거기에 눈빛을 더해서만, 그리고
웃음이 간혹 뒤섞여
그것은 만들어진다

가장 깊은 언어는 그 기원을
모른다 풀뿌리는
벌레들의 하품 소리를 들으며 자라고
바다로 떠나는 강물의 기억은
어느 골짜기 어느 바위틈인지 모른다

가장 오래된 언어는 그 최종 지점도
없다 오늘의 언어가
과거의 언어가 아니듯
우리의 언어가 어제는 비명이었고
싸움이었고 사랑이었듯
반달을 바라보는 골목길이었듯

삐걱이는 현관문은
주저앉을 때까지 그 소음의 원인을 모른다

그것을 단지 새와 나무가 듣고

우리에게 전해줄 뿐이다
국가의 언어 말고
탐욕의 언어 말고
나의 언어를 나의 너
의 언어를

원통하게 죽어간 이의 언어를
언제나 버려졌던 어머니의 언어를
어깨가 떨리는 언어를
바람결에 반짝이는 언어를……

문래동 마치코바, 이후

전기도 기계도 부족한 때가 있었다
그 대신 불거져나온 힘줄과 헐렁한 눈빛과 단출한
생활이 있을 때였다 멀리 있는 사람을 향한
그리움이 무성한 때가 있었다
돈도 일할 사람도 모자라 혼자 공장 문을 열고
쇠를 자르고, 붙이고, 깎고, 조인 다음
온 근육을 모아 낡은 짐차에 실어보내던 때가 있었다
가난이 어쩔 수 없이 공유되던 시절, 버려진 것들을
얼기설기 엮어 다른 공간을 만들기도 했다
석양이 공장 문을 찾아오면 고단한 밤일을
맞아야 했던 날도 있었다
현재는 언제나 유토피아를 배반한다지만, 우리는
그 서러운 시대를 너무 쉽게 버리고 떠났다
바깥으로 떠났으나 더 어두운 안이었고
희망을 향해 떠났으나 시간은
한 걸음씩 증발해버렸다
문래동 마치코바,
이후로 가난이 노래가 될 수 있는 길은 끊겼고 들판 대신
빼곡한 빌딩과 아파트 숲만 자랐다
부동산 입간판만 풍성해졌다
이제 작은 고통을 질 힘도 사라졌다
너무 부유하나 너무 궁핍하고
너무 거대하나

모래알보다 작아졌다   —

그리고 아무 일도 일어나지 않았다

어미 돼지가 구덩이로 들어가자
이제 뛰기 시작한 새끼 돼지들이
졸졸 따라 들어갔다
어미 돼지를 구덩이로 밀어넣자
털도 덜 자란 새끼 돼지들이 쓸려 들어갔다
아빠 돼지를 할머니 돼지를
이웃 우리에 사는 고모 돼지를 눈빛이 뛰는
소년 돼지를 자꾸자꾸 밀어넣었다
해마다 달마다 산목숨들을
꿀꿀꿀꿀 파, 묻었다
먹을 수 없으면 죽이고
죽일 수 없으면 주둥이에 흙더미를 부었다
삽도 아니고 괭이도 아니고
포클레인으로 숨통을 틀어막았다
발버둥도 비명도 뽀얀 젖이 가득찬
젖꼭지도 파묻어버렸다
비닐로 돌돌 말아 흙을 부어버렸다
땀을 많이 흘린 노동자들의 저녁 술상을 위해
공부에 지친 자식들의
식탁을 위해 어미 돼지를
아들 돼지를 딸 돼지를 그 친구 돼지들을
아예 한 마을을 흙으로 덮었다
10년 전에도 5년 전에도

작년에도 어저께도
내일에도 3년 후에도 생으로 묻어버렸다
필사적인 몸짓을 다시 한번 밀어넣은 다음
절망마저 묻고 평평하게 덮었다

그리고 아무 일도 일어나지 않았다

ㄱ자의 각도

지하철역에서 불법적으로 푸성귀를 파는
할머니들의 몸은 모두 ㄱ자다
꺾인 각도 안에는, 텃밭을 지나가던 바람이 있고
달달거리는 낡은 선풍기가 있고 먼저 빠져나간
자식의, 세월이 멈춘 사진도 있다
고구마순 껍질을 벗기고 흙 묻은 쪽파를 다듬고
하지만 무심한 발걸음들에 하소연하지 않는다
대도시의 분주함에 별로 할말이 없다
벌이나 나비, 검게 그을린 땀방울을
모르는 이들과는 어차피 언어도 다르고
웃음의 색깔도 다르다 그런데 ㄱ자
할머니들은 혹 불법을 파는 것이 아닐까
떠난 열차와 오고 있는 열차 사이에서
새로운 법을 펼쳐놓고 햇볕을 불러들이는 것은 아닐까
하지만 ㄱ자가 되어야 만들어지는 그 법을
기성 법전은 알지 못한다
납덩이 같은 얼굴들은
ㄱ자의 각도에서 마치 벌레라도 나온다는 듯
점점 기괴해지고 있는 중인데
드디어 저 멀리서
제복을 입은 젊은 공익요원과 역무원이 저벅저벅 걸어온다

이번 차는 그냥 보내자

이번 차는 그냥 보내자
웃음이 너무 많다 노래는
없고 이파리 한 장 내밀지 못하는
언어가 객차 안에 가득하다

이번 차는 등을 돌리자
모험은 건조한 형식이 아닌데
내 몸이 당신의 맥박을 차갑게 하는
이번 차는 내 것이 아니다
행선지가 너무 명확하다

진리여 법이여
폐허의 입을 틀어막는 환희여

이번 차는 모른 척 보내고
우두커니 혼자가 되자
혼자가 되어
멀리서 내리는 빗소리를 듣자

다음 차도 보내고
다음다음 차도 보내고
저물녘에 우는 늙은 새울음도 보내고
슬픔에 사로잡힌 영혼도 보내고······

불에 대하여

소비에트 사회주의가 무너지자 모두 품고 있던 불을 버
렸다
체르노빌이 터졌을 때도 굳건했던 불이 꺼진 것이다
하지만 20년 뒤, 지진해일로 화로가 깨진 후쿠시마의 불은
여전히 맹렬히 타오르고 있다
아궁이에서 빼앗은 불은 돈이 되기 때문이다
돈이 안 되는 불은 마른나무를 태워 새벽녘 꿈을 만들지만
돈이 되는 불은 성성한 이파리와 바닷물을 태운다
흙에서 물이 점점 빠져나가면서
우리의 폐에는 나뭇잎이 뱉어낸 숨결 대신
불로 가득차고 말았다
장난감도, 놀이터의 시소도, 안경테도, 볼펜도
자동차도 모두 불이 구워 만든 것
그래서 우리의 음탕한 웃음은 멈추질 않는다
미래는 어차피 좌판이니까
사랑은 알고리즘이 만든 환영이니까
소비에트 사회주의가 무너지자 아궁이는 꺼졌는데
밤거리의 조도는 150배가량 비대해졌다
불이 혁명이라면, 혁명은
봄비에 풀밭에서 기어나온 맹꽁이를 지워버리는 것일까
뱀의 곡선은 기하학이 되어야 하는 것일까
오목눈이의 눈동자, 거미줄에 간신히 매달린 빗방울, 가
물가물한

어머니의 바늘귀, 콩고강의 머나먼 끝자락……
이 모든 것이 하나둘 사라져가고 있다

우리를 옹기종기 모여 앉게 만든 불은 꺼지고
저마다 한 움큼의 불을 찾아 뿔뿔이 떠나버렸다

2부

시는 당신을 아프게 하려고 온다

바깥으로부터

이제는 아무도 바깥을 보지 않는다
고속 열차의 창문에는 언제나
어둑한 블라인드가 쳐져 있고
이 옷을 입었다 저 옷을 입었다 하는 가을 산은
버려지듯 지나가고 있다
바깥을 바라보는 일은
바깥에게 나를 조심스레 허락하는 일
내가 바깥이 되고 바깥이
도착지를 변경해주는 일
그러나 아무도 바깥을 보지 않는다
메말라가는 산자락의 밭을
혼자이게 내버려둔다
눈동자는 바깥의 흔적
영혼은 바깥이 쌓아올린 오두막
누구도 바깥이 되려고 하지 않을 때
바깥은 버려지고
안은 점점 작아져간다
모래알처럼 작아져간다
흙먼지처럼 떠돌기만 한다

바람의 길

바람의 길은 무한한 것 같지만
바람의 길을 가리키는 건
풀, 나무, 혹은 골짜기다
아니 골짜기를 이룬 시간이다
산줄기와 물결이다
바람은 지구의 무의식
바람은 눈보라의 영원회귀
폭우를 휘어지게 하는
법칙을 넘어선 법칙
바람의 방향은
들판의 목숨들이 정한다
바람만 가득한 세계는 폐허지만
바람 없이 존재하는 것들은
붙임이다 고립이다
사나운 에고(ego)다
바람은 무한이고
바람은 이념이고
몸이고
몸 이전이고
최후의 전위이고……

나쁜 시

시는 당신을 아프게 하려고 온다
평생 치유되지 않을
상처를 영혼에 심어주려고 온다
먼동도 시의 목적은 아니다
시는 범람하는 흙탕물, 지렁이의
격렬한 꿈틀거림, 춤추는
들판의 근육이다
시는 당신을 아프게 하려고 오지만
당신이 아파야 시가 아프고
벌은 보이지 않는 꿀을 따서 모은다
시는 아프려고 오고, 당신도
아파야 한다
그렇게 바깥으로 나가야 한다
취향과 다이어트와
자동차 주행거리가 지배하는 세상에,
당신은, 아파 누워야 한다
아픈 입김으로 허공을 만들어야 한다
시는 전염병, 유해한 균류,
그러나 수줍은 무언극……

평화를 깨뜨리는 돌개바람!

고요에 대하여

인간의 소리만 없으면 된다
고요는 순백의 무음이 아니라
풀벌레 소리와 구름을 물들인
달빛과 멀어졌다 가까워지는 바람과
건넛마을의 마지막 불빛이
모여 만들어진다
고요는,
우리가 거리를, 법규를, 국가를
택하고 남은 나머지가 되고 말았지만
다른 목소리만 있으면 된다
찌그덕대는 외양간의 문짝과
들판을 달려오는 경운기 소리와
마당의 흙먼지를
다독여주는 빗소리만
가득하면 된다
버리고 온 것들에게
건너가는 귓속말이면 된다

우리가 이룬 것들을
버리는 게 고요다

첫눈

마른하늘을 가르며
눈이 내린다
배회하는 먼지에 입술을 달아주며
눈이 내린다 목마른 돌멩이에
날개를 심어주며 눈이
난파된 배에 돛대를
자라게 할 눈이 내린다
내리는 눈은 언제나 첫눈
그래서 벼랑을 앞에 둔 마지막 눈
지금껏 없었던 시간이
허공을 새로 배열하며 내린다
날아간 새가 남긴 흔들림
속으로 아직 오지 않은
새보다 먼저 내린다
침묵보다 더 큰 침묵으로
상처보다 더 깊은 상처로
내린다 최선을 다해 내려
최악이 되고 최악을 반복해
최선으로 빛난다
따로따로 내린다 다 함께
어금니를 물고 내린다
떠나간 발자국 위로
점점 빨라지는 심장처럼 내린다

허무처럼 내려 허무를 덮는다   —

아름다움이라는 느린 화살*

이 비가 그치면 별을 품은 당신의 어둠을
만날 수 있는 기후가 올 거야
내가 아직 서보지 못한 곳
바람은 산책하듯 불고 나뭇잎이
우리를 동경이 가득한 세계로 안내하지
지난여름은 오래오래 우리를 기억하고
그 기억을 통해 우리는
쉬지 않고 붉어질 거야
이 비가 그치면, 시간은 다시 분열할 거야
폭포의 시간과 벌레의 시간
땀으로 정신은 빛나고
희미한 웃음이 자라나겠지
이제 아무도 우리를 통제하지 못할 거야
내리는 이 비는, 전혀 다른 언어이니까
우리가 태양을 맨눈으로 관찰하며
발명한 아름다움이니까
그래서 느린 걸음으로 오는 거지
종아리 근육에 물결이 이는 거지
그것들을 다시 지우며 늙어가는 벌이
날아오르는 속도로, 비는 내리지
천천히 떠나고 있는 중이지
몸은 여전히 고통으로 설레고 있는 것이지

* 니체의 『인간적인 너무나 인간적인』 149절 제목.

블랙홀

몰락은 창대했으나
사랑에는 아직 팔다리가 없다

사건의 지평선은 쉬지 않고 타오르고 있다

성*

그곳은 언제나 어두운 언어에 휩싸여 있다
저녁에 길을 떠난 탓만은 아니다
내가 밝아지면 그곳은 더 어두워진다
명령과 유혹과 탐닉이 도사리고 있는 곳
다시 내가 어두워지면 반대로 깔깔깔 웃는다
지나온 길이 가시덤불이었건만,
나는 그곳에서 옷자락 하나 나부껴본 적이 없다
나의 소유지만 내 것은 아니어서
긴 담벼락을 따라 온몸이 빠져들기도 한다
변명은 필요 없고, 나는 거기서 나오는 빛으로
가끔 젖었다가 갓난아이가 된다
갓난아이였다가 우렁찬 권력자가 된다
버려야 하겠다고 아침마다 다짐하지만
내〔川〕를 건너다보면 어느새 성안으로 들어가고 있다
내가 꽃이 되는 순간이고 수치가 되는, 아니
수치 이전의 화염 덩어리가 되는 것이다
본질을 기다렸지만 언제나 현상과만 만났다
사람들은 모두 성의 주인을 보고 싶어하나
주인은 없고 노예만 있다 노예의
앙다문 금욕만 나타났다 무너진다
기원은 언제나 학문의 영역이지만
학문도 성의 거미줄에 걸린 가여운 날것에 지나지 않는다
이제 이성을 다시 정의해야 할 때가 된 것이다

철학도 끝났고 문은 열렸다가 다시 닫힌다
그러나 언제나 열려 있다
우리는 모두 성의 소작인들이다
거기로 향하는 더러운 시간들이다
정화가 불가능한 안개일 뿐이다

* "이러한 자유, 이러한 기다림, 이러한 난공불락의 상태보다 더 무의미한 것, 더 절망적인 것도 없을 거라는 생각도 들었다."(카프카, 『성』「8장 클람을 기다리며」 중에서)

죽음의 공간

죽음은 언제나 바깥에 있다
그것을 안에 들여놓고 싶지 않은 것은
너무도 당연한 심사이기에
나는 오늘 가야 할 조문을 내일로 미뤘다
(내일도 갈 수 있을지 없을지 모르겠다
내일을 모른다는 것은
언제나 배회의 구조를 진화시킨다)
시대가 죽인 그 많은 죽음 앞에서
향을 피우고 절을 해야 하는 일은
방향을 못 찾은 벌레의 더듬이질 같다
하지만 이 나라에는 아직 아무 일도 일어나지 않고 있다
총파업도 가십이고
무엇보다 죽음은 나에게 당도하지 않았다
너무도 많은 죽음이 겹겹이지만
죽음을 살지 못하고 있다
아마도 내일 다른 약속이 생길 것 같다
아직 죽음과 손을 맞잡고 싶지 않은 것일까
아니면 보내고 싶지 않은 사람이
많이 남아서일까 그러나 죽음이
필요한 건 살아 있는 우리이다
아니다, 내일은 꼭 조문을 가자
내 생활에 죽음을 들여놓기 위하여
죽음에도 언어를 심어주기 위하여

죽음은 언제나 안쪽에 있어야 한다

저녁노을

저물녘은 고유동사
마치 입맞춤처럼
익숙한 시간을 붉게 반죽해버린다
목숨은 이렇게 흐를 뿐이다
사랑이 이곳도 저곳도 아니듯
설렘은 불안이거나
미지를 향해 번쩍이는 섬광이듯
이 시간이 끝나야 다른 시간이
찾아오는 건 아니다
저녁노을은,
우리를 아무것도 아니게 만들고
떠돌이별이 되게도 한다
돌아가는 일과 떠나는 결단 사이에서
작렬과 고요 사이에서
늙은 신념은 한낱 오두막에 지나지 않다고
태양은, 붉은 듯 검은 듯 배회하다
물소리 곁에 눕는다
지루한 문장을
다시 노래이게 하는 노을이여
폭풍에 휩싸인 들판에게만
고요를 품은 영혼이 있다고
노을이여, 이제
명징을 훌훌 털고 끓으면서

깊이 모를 입을 벌리는 시간이여—   —

어지러운 길

우리가 가져야 할 것은 단 하나의 길이 아니다
골목길은 큰길과 함께 있고
큰길은 오솔길이 없으면 무너진다
그래서 한때는 큰길이 열리고
저물녘이 되면 슬그머니 뒷길이
밝아지는 것이다 오솔길을 가다가
눈부신 머리카락이 떠올라
자신도 모르게 소음 가득한 큰길로
다시 내딛고 마는 것이다
그래서 세계는 여러 길이 아침저녁으로
수십 년의 간격을 두고
교차하고 나란히 가고 갈라지고
뒤로 갔다 옆으로 쓰러지다
뭉치고 풀어지다 끊어지다 이어진다
어느 날 해일이 되기도 한다
길은 이념이 아니라, 걸으면서
웃는 웃음이며 걷다가 빠지는 수렁이며
수렁에서 슬픔의 힘으로 바라보는
깊은 하늘이다
떠나지 않는 절망이다
길은, 그래서 꺼지지 않은 숨소리이고
발걸음을 생산하는 어둠이다

아무것도 오지 말아라

아무것도 오지 말아라
미관말직도 오지 말고 비굴한 웃음도
가난한 살림에 대한 예찬도
근사한 연단도 오지 말아라
나에게는 아무것도 오지 말아라
먹먹했던 그날의 밤하늘도 오지 말아라
오래전에 불렀던 노래도
다시 오지 말아라 그러나
담뱃값 정도 저녁에 친구와 마시는
너무 빈약하지 않은 술값 정도만
와라 떨리는 당신의 눈웃음만
와라 나에게는 아무것도
오지 말아라
풀잎에 얹혀사는 자벌레 같은 시간만 와라
그러니까 나에게는
아무것도 오지 말아라
꽃다발도 광채가 나는 명함도
오지 말아라
10년째 앉아 일하는 이 의자가 나는 좋다
그러니 번개 품은 먹구름만 와라
까닭 없는 설렘만 와라
그것만 와라—

몸이 꿈을 만든다

몸의 기억이 꿈을 만든다
몸의 기억이 꽃을 피우고
별 사이로 어둠은 흐른다
갈대가 한 뼘 자란다

꿈은 그러니까 어제의 몸과 오늘의 몸
사이에 흐르는 강,
늑골을 휘감는 휘파람이다

몸을 떠난 기호는 더이상 꿈이 아닌 것

꿈은 목숨을 다 내어준 어머니의
빈 젖가슴이고
어제 얻은 치욕이고
짓밟힌 시간들이고
심장을 두드리는 발걸음이다

오늘 불렀던 노래가 꿈을 만든다
오래된 바위가
잃어버린 첫사랑이
부러진 뼈가 들판을 달리게 한다
해와 달을 단단히 뭉치게 한다

몸 가진 것들이 모여
꿈을 만든다

꿈이 몸을 만든다

3부

과거가 납빛 같은 회벽일 리 없다

소년을 위하여

학교 가기 전 소를 매어두는 일은 열 살 소년에게는 힘에 부친 일이다 강물만 보이면 송아지는 바람처럼 내달렸고 그런 새끼가 걱정되었는지 소년의 손등을 핥기 좋아하던 어미소도 소년이 쥔 고삐를 뿌리쳤다 소년은 그 힘을 이기지 못해 함께 달려야 했는데 송아지가 멈춰 서는 곳은 언제나 깊은 웅덩이 앞이었다 그제야 송아지는 이슬에 젖은 무릎을 스윽 핥고 어미소에게 되돌아오고 어미소는 꼬리를 팔랑팔랑 흔들었다

송아지를 따라 달리다 지친 소년에게는 어느새 들판과 강물이 들어와 있었다 책가방을 챙겨 학교를 갈 때 송아지처럼 달리기를 좋아했다 어린 슬픔으로 심장은 조금씩 단단해졌지만 웅덩이를 들여다보는 버릇도 생겼다 그럴수록 두려움은 조금씩 깊어갔지만, 돌아보면 지나온 길이 펄떡이고 있었다 어느 쪽으로 가든 들판으로 가는 길이었고 강물은 저녁노을에 반짝이고 있었다

강물이 막히고 들판이 조각조각 거래되는 시간이 오자 소년은 혼자가 되었다 송아지가 달리던 강안도 사라졌다 소년은 학교를 떠나 거리로 나갔지만 몸안에는 휘어져 흐르는 강물이 그치지 않았다 왜가리는 수면 위를 스치듯 날고 오리 가족은 옹기종기 햇볕에 깃털을 말리고 있었다 장마에 무너진 모래섬도 한 뼘씩 자라고 있었고 무성한 갈대 사이

를 지나며 바람은 노래가 되어갔다   ―

강물

어린 내가 서러우면 강둑에 앉아 흐르는 물을 넋 놓고 바라보곤 했다

우리는 지금 누구에게 설움을 하소연하며 살고 있는가

가뭄

40년 전의 옛집에서
여인의 모습을 가진 소녀가 나와
내 부름을 지나쳐 강으로 갔다
내가 유령인지 아니면 그 소녀가
허깨비인지 동이 트고 나서도 어지러웠는데
사랑은 언제나 뜨거운 현재이지
입 없는 유적지가 아니라는 듯
강은 역류하면서 텅텅 울었다
하류 어디쯤에서인가 토목공사가 분명했다
강은 점점 괴물이 되어가는데
집으로 가다 뒤돌아보니
소녀는 강둑에 앉아
제 몸을 음악으로 만들고 있었다
내 사랑이 자랄수록 슬픔의
수위는 올라갔지만 끝내
강물은 소녀를 휘감아버렸다
놀라움에 그 자리로 달려갔지만
강물은 마르고 모든 게 감쪽같았다
음악은 사라지고 소녀는
영영 떠나버렸다
나도 낡아버렸다

그러나 비구름은 너무 멀리 있었다

국수 한 그릇

여섯 살 무렵, 동네 골목에 있는
국수 공장 문턱에서 하루해를 보낸 적이 있다
국수 한 그릇도 여의치 않았던 시절
기계에서 신기하게 쏟아져나와
옥상에서 하얗게 물결치는 국수발을
한 올 한 올 가슴에 새기다보면
설움이 뭉쳐 있는 가슴으로
김이 모락모락 들어올 줄 알았을까
해질녘 시장에서 돌아온 어머니에게
네가 거지새끼냐며, 매타작을
결국 치러야 했지만
울음의 끝자락에서
국물에 멸치 대가리 하나 없는
국수 한 그릇이 내 앞에 나타났다
그리고 그날 밤 꿈도 없는 잠에 들었다
사람은 다른 사람의 설움을 먹고 산다는 걸
그곳을 떠난 한참 뒤 어느 길 위에서
유성처럼 알게 됐지만
지금도 국수 한 그릇 앞에 앉으면
그 청빈한 시간이
오늘을 말없이 바라보고 있는 것 같다
우리는 피 한 방울로 와서
거적이 될 때까지 사는 존재라는 듯

꿈이 없어도 길을 더 갈 수 있는
다른 몸이 흘러오는 것이다

때

아버지는 내게 말단 공무원이라도 되라고
이름에 관(官) 자를 붙여줬는데
당신이 나를 버린 것처럼
나도 당신의 얄팍한 뜻에 등을 돌렸다
서로가 서로를 버리고 나니
야윈 냇물만 남았다
거기서 어머니가 묵은 빨래를 했다
비누를 치대고 방망이를 두들겨도
쉬 빠지지 않는 때는 모두 어머니 몫이었다
버리고 나니 머리에 얹고 싶은 관(冠)은
찾아오지 않고 시간의 틈서리에
어찌할 수 없는 때만 꼈다
그리고 그것이 가끔 빛나기도 했다
때를 사랑할 수 있을 때만
웃음은 순간 깊이를 얻고
冠은 산산이 부서졌다 無冠은
냇물에서 노는 철새와 같아졌다
갔다 다시 오고, 취하는 것도 없이 떠나는
무량의 반복을 알게 되면 새가 될 줄 알았는데
날아가야 할 허공은 멀고
살아가야 할 이곳은 갈수록 무거워졌다
아직 내게 쓰고 싶은 冠이 남아 있단 뜻일까
아직 더러운 때가 되지 못한 것일까

어머니의 빨래는 끝날 기미가 보이지 않는다

—

—

위대한 유산

아홉 살 때 만난 의부의 집은 홀로 초가집이었다
밤이면 흐릿한 호롱불이었고
뿌연 담배 연기가 꼰 새끼줄이었고
멍석이었고, 바작이었고, 삼태기였다
정지 앞에는 암소 한 마리가 더운
숨을 푸푸 쉬고 있었다
재를 덮어 괭이로 쓸어낸 칙간이었고
산기슭에 매달려 있는 옥수수밭이었다
마당 아래로 돌돌돌 흐르는 또랑물이었고
달빛 없는 칠흑 같은 어둠이었고
가난과 전쟁의 상처가 남긴 폭력이었고
어머니가 밭에서 김매다 와 낳은
동생의 울음이었다
생활보호대상자라 잠깐 눈치보며 얻어먹은
빵과 우유였고, 까만 콜타르를 뒤집어쓴
국민학교 교사였고 외우지 못해
놀림감이 된 구구단이었다
죽어서까지 화해를 거부했던 그 시간들은
그가 본의 아니게 나에게 남긴 위대한 유산이었다
영악한 내가 그에게서 빼앗은
숨소리 거친 목숨이었다

옛집

과거가 납빛 같은 회벽일 리 없다
차라리 덕지덕지 자라고 있는 누더기가 존재의 문양이다
빅뱅은,
거기에서 시작되는 것
새로움을 향한 욕망을
나는 언제부터인가 의심하기 시작했다
한사코 남루로 남은 옛집 앞에서
텅 빈 찬장과 비료 포대를 덧댄 방문과
어머니 손에 들려오던 연탄 두 장과
다음날의 양식인 봉지쌀과
때아닌 죽음 앞에서의 절규는
개발을 용납하지 않는다는 것을 배운다
실눈 뜬 벌레였다가 담장 옆 봉숭아였다가
엿장수 리어카에 실린 고물,
결국 한밤중에 배고파 울던 어린 별의 집
그러나 이제는 낡고 허물어져 괴기해진 집
다시 와보니 아직도 회벽이지만
도리어 완고한 회벽 앞에서
가만히 있을 수 없는 시간을 느낀다
모든 사랑이
생명의 수프에서 시작되었듯
무너지지 않은 옛집의 서까래에는
시커먼 소용돌이가 살고 있다

눈

1986년 12월, 학력고사 치는 날 아침에 진눈깨비가 날리기 시작했다.

내 손에는 학교 기숙사 식당에서 싸준 도시락이 들려 있었고
머리에는 흰 안전모가 씌워져 있었다.

제철소에서 현장실습을 마치고 기숙사로 돌아오던 저녁 무렵
학력고사를 마친 동갑내기 수험생들이 길거리로 눈송이처럼 쏟아져나왔다.

나는 그날 세상을 보는 눈 하나를 더 얻었다.

5백 원짜리 동전

가난이란 때때로 입이 큰 바구니 같아서
흙 묻은 나물도 담기고
봄볕이 쓴 편지가 걸어들어오기도 한다
떨리던 눈빛들은 다 어디로 갔을까
자판기 커피 한 잔을 뽑아 들고
책을 읽거나 수줍게 미소를 남기거나
잠깐 시를 쓰게 하는 일도
주머니에서 5백 원짜리 동전이
달랑거리며 영혼의 종을 칠 때다
우리는 그렇게 사랑을 배웠고
시간의 깊이가 한 계단 내려갔다
입이 큰 바구니는 또 바람과 같아서
채워도 채워도 자꾸 노래만 남는다
비워도 비워도 붉어진 심장은
배회를 멈추지 않는다
가난은 때때로 불면이 되지만
낡은 창문으로 아침해를 불러오기도 한다
깨진 유리를 잠시 이어주기도 한다
5백 원짜리 동전은 가난의 광휘 같은 것
어제 마신 나의 사치를 번하게 비춰준다
말라비틀어진 꽃잎이
나를 한참이나 바라본다

쌀 세 포대

　해마다 가을이 되면 어머니는 20킬로그램 쌀 세 포대를
보내신다 (예전에는 쌀 한 가마니가 60킬로그램이었다) 보
내기 전날에 꼭 전화를 해, 보낼 텡게 받으면 전화해라이—
하시지만 어머니에게는 땅 한 뙈기가 없다 내가 어릴 적에
는 외삼촌네 논을 빌려 부치던가 동네 이장이 소개해준 집
에서 먼, 비바람과 뙤약볕과 저녁볕이 오고가는 길에 자주
얼굴을 비추던, 읍내 사람 논에 모를 심고 피사리를 하고 농
약을 치고 김을 매곤 했다 이제 우리 가족에게는 예전만큼
쌀이 필요하지 않은데 학교에서 먹고 직장에서 먹고 저녁에
는 가끔 술자리가 있는데, 멀리 갔다 돌아오는 밤기차 안에
서 들판에 가득한 어둠을 바라보기도 하는데 왜 해마다 어
머니는 쌀을 사서 보내시는 걸까 어머니가 왜 쌈짓돈을 털
어 쌀을 사 보내시는지도 모른 채 쌀 보낼 텡게 잘 받아라
이— 전화기 너머의 목소리에 네, 네, 알았어요 짧게 대답
만 하고 만다 당신이 애써 지은 쌀도 아닌데 왜 보내시냐고
나는 묻지 않는다 물음은 해마다 가을에 도착하는 20킬로
그램 쌀 세 포대에 한가득 들어 있는 것 같아서, 그게 내게
는 너무 무거워 쌀 포대를 집에 들여놓고 나면 침묵만 찾아
오는 것이다 맞은편 아파트가 생전 처음 본 눈빛을 번들거
리며 뒤엉킨 우리집 경제를 넘어다보는 것이다 올해도 입동
하루 전날 쌀은 도착했고 어두운 골목길을 비틀거리며 걷던
순간들이 나를 떨게 했다 알맹이마다 단단하게 악물고 있는
들판의 어둠과 먹구름과 허공의 새소리와 트랙터 기계음과

검게 그을린 땀방울을 생각했다 멀리 떠나야만 했던 가난
한 소년 소녀들과 논둑에서 말라가는 허리 아픈 풀들을 생
각했다 분명 헬멧을 쓰는 둥 마는 둥일 배달 오토바이 소리
가 들리는 도로 너머로, 새벽을 향해 저무는 해를 바라봤다

떠나지 않은 시간
—외사촌의 결혼식

말 한번 섞어보지 못한 외사촌이 단정한 예복을 입고 주
례 앞에 서자 아흔이 훌쩍 넘은 외할머니는 온전치 못한 울
음을 터뜨렸다 내가 스무 살 때 한 번 본 적 있는 콧날이 우
뚝한 외삼촌은 베트남전 파병 군인이었다 어머니 말로는 공
중에서 미군이 뿌린 약 때문인 것 같지만, 나는 어쩌면 그가
학살을 했거나 학살의 현장에 있었을지도 모른다고 생각했
다 정신을 전쟁터에 두고 온 외삼촌은 아버지 무덤도 몰라
보는 바보가 되었고, 턱이 갸름하고 순하기만 했던 외숙모
에게 다른 사랑이 찾아왔다 외할머니는 손주를 빼앗고 외숙
모를 내쫓았는데 몇 년 뒤 외삼촌은 몸도 마저 버렸다 그뒤
외할머니는 30여 년을 덩그러니 남은 손주만 보듬고 살았
다 큰아들을 남의 나라 전쟁터에 빼앗기고 대신 그의 아들
을 엄마에게서 빼앗은 것인데, 나하곤 말 한번 섞어보지 못
한 외사촌의 웃음 앞에서 외할머니는 무언가가 재생되는 듯
허공을 자꾸 움켜쥐려 했다 듬성듬성해진 정신 사이로 떠나
지 않은 시간이 출렁이고 있는 듯 보였다

섬

인자 우리 동네도 섬이 돼버렸당게
동네 입구는, 거 한참 전에 만들어진
수로 있잖여? 완자리에서 한내로 뚫어놓은
그것이 잘라먹고
날맹이 너머는 저어기 논산 가는
도로를 내면서 잡아먹고
짝은 동네 쪽으로는 철로가 하나 더 생기면서
봐봐 코앞까지 바짝 땡겨 앉았잖여
강안으로 건너다니는 다리도 없어지고
일본 놈들이 만든 또랑은 저렇게 바짝 말랐는디도
농업기반공사 놈들은 10년째
어떻게 하겠다는 말이 아직도 없당게
지금 데모라도 해야 할 판여
노인네들은 한 분 두 분 돌아가시고
외지 사람들만 풍광 좋다고
집 지어놓은 것들 좀 봐
길 넓어진 것도 다 그 양반들이 타고 다니는
큰 차들 때문이지 별게 아녀
인자 우리 동네도 영락없는 섬이랑게
니미 새것이 다 좋은 게 아니더만
추석이라고 달은 여전히 곱네이
언제 올라가?
잘 올라가고, 다음에 또 봐이

작골*

예전에는 강도 있고 들도 있었는데
지금은 차가 씽씽 달리는 도로와 까만 승용차와
구불구불 멀어져가는 마을버스만 있네
아직 사라지지 않은 밭뙈기만 있네

예전에는 두더지도 있고 구렁이도 있었는데
지금은 힘없는 햇볕만 있고 콩을 심어도 빈껍데기만 있네
밥집과 고깃집만 있네
아직 사라지지 않은 사람들만 있네

예전에는 이야기도 있고 노래도 있었는데
고단한 가난도 있고 어린 자식들 울음소리도 있었는데
지금은 텅 빈 길만 있네
이것저것 많이 있는데 아무것도 없네

사라진 것을 기억하고 있는
우리만 있네

* 행주산 기슭에 있는 마을의 옛 이름이다. 지금의 고양시 행주내동.

4부

우리는 노란 참외 꽃을 가꿔야 한다

자본론

먼저 대지를 빼앗는다
오두막집을 철거하고
호미와 괭이를 마저 빼앗으면
사람들은 폐수처럼 도시로 도시로 흘러들어
더러운 골목길이 된다
노점상을 만들고
노숙자도 만들고
기계의 속도에 심장을 붙들어 맨다
철야를 강요하고
휴지 쪼가리 같은 임금을 주고
모이면 쫓아내고 대들면 감금한다
사랑을 매매하게 하고
가족에게 술병을 던지라고 부추긴다
원한과 의심을 의무교육시킨다
치료비를 핑계 삼아 속옷을 벗기고
기억을 몰수한다
값싼 낭만이나 심어주고
퇴폐적인 상상력을 밤낮으로 개발한다
늙으면 버리고 꿈을 꾸면 고립시킨다
아이는 계획 생산되고
안 되는 건 우겨넣고
되고 나면 가로챈다
분노는 범죄와 연결시키고

법은 나날이 촘촘해진다
대신 로비하고 뒷돈을 댄다
거짓말을 유포한 다음
다수결로 하자 한다
그리고 다수를 매수한다
이렇게 민주주의는 동상이 된다

최종적으로 재 너머를 지워버린다

끼워 죽이다

2016년 5월, 서울지하철 2호선 구의역에서 절망한 사람들의 투신을 막기 위해 설치된 스크린도어를 고치던 김군이 출발하는 전동차와 스크린도어 사이에 끼어 죽었다. 새로운 시간을 꿈꾸는 사람들의 가슴이 헬륨풍선처럼 공중에서 뛰던 봄날이었다. 열아홉 살 특성화고 현장실습생, 아니 학생노동자였다. 김군의 가방 안에는 점심으로 먹으려던 컵라면 하나가 들어 있었다.

2017년 11월, 친구들이 연기된 수능시험 준비로 한창일 때 제주도 제주시 한 음료공장에서 생수 제품 적재기의 벨트에 목이 끼어 열아홉 살 이민호군이 죽었다. 역시 있어도 보이지 않는 현장실습생이었고 김군처럼 혼자 일하고 있었다. 이민호군은 목이 기계에 낀 채 사투를 벌이다 사건 발생 열흘 만에 숨을 거뒀다. 달빛이 보름을 막 지나고 있었다.

2018년 12월, 태안의 화력발전소에서 비정규직으로 일하던 김용균이 석탄을 나르는 컨베이어벨트를 확인하다 몸이 끼어 죽었다. 김용균은 안전수칙을 어김없이 지켰지만 회사는 임금을 줄이기 위해 김용균을 혼자 어둠 속에 버려뒀다. 열심히 일하면 전력회사 정규직이 되리라 믿었던 약관 스물다섯 살이었다. 불안과 공포가 발전(發電)되고 있었던 것이다.

고장난 기계와 고장난 학력과
고장난 법률과 고장난 국가와
더 많은 이윤 사이에 끼워 죽이느라
정치는 뜨거웠고 거리는 화려했다
꿈이 병든 것도 몰랐다

산목숨을 죽이지 않고는
젓가락 한 짝 만들지 못하는 나라인데,
……동은 트고 장대비는 냇물이 된다

한 시간

1848년, 열 시간 노동법안이 의회를 통과했을 때
영국의 도싯주와 서머싯주의 접경지에 산재한
농촌의 방적공장주들은
다음과 같은 입법 반대 청원서를 제출하라고
노동자들에게 강요했다

"자식들의 부모인 우리 청원자는, 한가한 시간을 한 시간
더 추가한다는 것은 우리의 자식들을 타락시키는 것 이외에
다른 아무런 결과도 가져올 수 없다는 것을 확신합니다. 왜
냐하면 나태는 모든 퇴폐의 근원이기 때문입니다."*

친구들과 노는 시간과
냇물에 발을 담그는 시간과
부서진 식탁을 고치는 시간과
늙은 아버지 곁에 있는 시간은
모두 타락한 시간이었던 것이다

제철소에서 교대근무를 할 때
내 작업복 안주머니에는 언제나
시집이 수줍게 웅크리고 있었다
틈만 나면 화장실로 달려가 문을
걸어 잠그고, 음악을 만들었다
"내게 파업이 아니면

아름다운 서정시를—"
하지만 몸은 자정을 못 넘기고 주저앉았다

한참 뒤인 1863년 6월 13일에도, 아홉 살이던 윌리엄 우
드는
만 일곱 살 10개월 되던 때부터 노동을 했는데
매일 아침 6시에 공장에 도착해 저녁 9시에 일을 마쳤다**

대한민국은 전쟁 이후
19세기 영국과 똑같았는데
대지에서 쫓겨나 아주 싼 시간만 지급받았다
시간 밖으로 버려지기도 했다

오로지 노동 시간만이 살아 있으며
뼈가 앙상할 정도의 임금만이 정당했다

그러나 우리에게 필요한 건
태양에 몸을 내준 백사장을 맨발로 걷는 일
무거운 사랑을 토해내는 편지를 쓰는 일
저물녘이 되면 어두워져가는 강물을 바라보는 일
그러면서 나직이 노래의 첫 소절을 만들어보는 것이다

그래서 한가한 한 시간이 더 추가되어야 한다

—   고귀함 이외에는 다른 아무런 결과를 가져오지 않는 한
시간이
    별똥별이 눈속으로 쏟아지는 한 시간이
    왜냐하면 그 한 시간은 시가 시작되는 시간이기 때문이다

* 『자본론』 I(상)「제9장 잉여가치율」각주 11에서 옮겨옴.
** 『자본론』 I(상)「제10장 노동일」, 323쪽.
—

돌아가지 말자

지나간 시간은 다시 오지 않는다
어제 핀 꽃은
내일 다시 피지 않는다
움직이지 않는 대지도 없고
별빛도 바람도 눈송이도
언제나 옛길을 검불처럼 묻힌 채
우리 가슴에 쏟아지지만
낡은 것은 우리 자신뿐
샘물은 언제나 새로 솟는다
오늘의 목마름도 어제 것이 아니다
산짐승의 주둥이를 적신 정적도 새로운 것
어제를 떨쳐야 동이 튼다
냇물이 흘러야 계곡이 넘친다
어제로 돌아가지 않아야
막 뽑은 무 같은 어제가 온다

돌아가지 말자, 공장으로
돌아가지 말자, 동상이 된 혁명으로
돌아가지 말자, 율법의 품으로

그들이 온다

그들은 소리 없이 온다
남부여대도 없이 맨몸으로 온다
수평선을 넘고 파도에 밀려
조각배에 넘치도록 온다 갓난아이 울음으로
오고 메마른 갈비뼈로 오고
사랑을 빼앗긴 어둑한 눈빛으로 온다
학살에서 탈출한 부러진 팔다리로 온다
그들은 거대한 해일로 온다
우리의 옛 얼굴로 오고 괴로운
미래의 모습으로 온다 그들은
우리의 번영과 우리의 웃음과 자식 걱정과
우리의 민주주의와 우리의 밥상을
우리의 꿈과 언어와 그리고 또
저물녘의 연애를 분탕질하러 온다
골병이 되려 온다
깜깜한 질문으로
돌멩이를 침묵시키는 하얀 물결로 온다
그들은 우리가 추방했던 기억으로 온다
그들은 빅뱅으로 온다
피하고 싶은 새로운 우리가 온다……

묵상

저 들판이 볕이 가득해야 완성되는 것처럼
저 하늘이 소나기와 번개와 바람으로 구성되는 것처럼
저 길이 떠나는 사람의 뒷모습과 멀리 있는 사람의 미소
로 빛나는 것처럼
저 목마름이,
음악을 위해 점점 깊어지는 것처럼
저 거친 손에 때 묻은 지전이 빛나게 건네지는 것처럼
저 베어진 나무에 첫눈이 점점이 내리는 것처럼

민주주의여……

그해 봄

열아홉이면 우리 나이로 스물이지
나는 그때 구로공단 안테나 공장이던가
장승배기 골목길에 있던 사출기 공장에서 기름밥을
먹고 있었다 열아홉 우리 나이로 스물
공고를 나왔거나 대학 시험에 떨어져
고장난 기계를 고쳤을 것이다
전동차가 소리 없이 다가와 목숨을 쓸어가기 전까지
가방에선 컵라면이 끓는 물을 기다렸다는데
나는 회사가 지정한 중국집에서 멀건 우동을 점심으로
먹고
공장 담벼락에 핀 장미를 바라보고 있었던가
공단 거리에는 하늘색 작업복을 입은 여공들의 웃음이
하늘에 떠다니기도 했던가
길은 없었다 주야 맞교대가 지워버렸다
야근 시작 전
여자 남자 간 잡담하지 말 것
작업하다가 졸지 말 것
생산량은 무슨 수가 있어도 채울 것
고장난 안전문은 빨리빨리 고칠 것
목숨 부지는 알아서 할 것
내가 떠난 공단에는 이듬해
함성이 절망을 덮었지만
열아홉, 우리 나이로 이제 스무 살 청년이

쓰러진 자리 위에 또 전동차는 잠깐 정차하다
떠난다 그리고 다시 표정도 없이 돌아올 것이다
강 따라 흘러가지도 못하고
바람 따라 흔들리지도 못하고
공장 담장에 핀 장미꽃은 지고 말았다
나는 어떤 예감에 사로잡힌 채 떠나왔지만
그해 봄은 어김없이 다시 찾아왔다

노동자

노동자는 술자리도 노동이라서
저 가난한 접시 하나로 술만 여섯 병째인가
흘깃 바라보자니 정말 난감한 산재다
노동자는 술만 먹으면
욕이다 비겁한 뒷얘기다
구름도 있고 사랑도 있고
고향집 처마밑에 듣는 빗방울도 있는데
떠나지 못하는 제 설움만
취하도록 되씹고 비난한다
네 몫 내 몫에
성과급에 임금 인상에 승진에
웃다가도 서로 싸운다
세 달이 넘은 계약직 놈은
싸가지가 없다 듣자니 노조 백으로 들어왔다
이러한 무례가 일상이 되었으니
나는 투쟁도 못 믿겠고
노동조합의 핏대를 세운 선동에도 무심하다
노동자는 스패너다
그냥 해머드릴이거나
컨베이어벨트를 움직이는 모터에 지나지 않는다
그러다 결국 지친 몸끼리 선술집에 모여
정치를 싸잡아서 내던지고
주식이다 부동산이다 제 얘기만 한다

수평선을 노래하지 않는다
제 심장이 식어가는지도 모른다
한 병만 더 하자고 하고
그냥 일어나 이차나 가자고 한다

자유는 무성하지만

국가는 부르주아의 위원회라고 마르크스는 썼다
부르주아의 이익에 위배되는
모든 자유를 회수해 부르주아에게 바치기 때문이다
자유에는 밤낮으로 깊은 금이 가 있어서
자유를 향한 시인들의 들뜬 헌사는 그러니까
국가 안에서는 거짓말이 된다
자유는 선언으로 완성되지 않는다
바람을 노래할 잎사귀의 자유인가
오두막을 지탱하고 있는
손바닥만한 땅을 탐할 자유인가
혼자 누릴 자유인가 5천 명이 나눠 먹고
열두 광주리를 남겨둘 자유인가
달리다가 점점 들판이 될 자유인가
발걸음마다 통행세를
냉정하게 매길 자유인가
가시덤불을 걷어낼 자유와
손가락에 달빛이 머물 자유만
우리에게는 있다
타오르는 모닥불에 위원회를
던져넣을 자유만 있다
자유의 본질은 모험이라서
세상의 자유가 가문 저수지처럼 말라갈수록
우리의 자유는 무성하고 무성하지만

(무성하고 무성하지만)
아직 새의 노래는 당도하지 않았다
태양이 닿지 않는 대지에
침묵만이 가득하다

블랙리스트

누군가가 자신의 이름에 검정 칠을 하며
세상에서 지워버리려 했다고 치자
그에게는 아마도 어떤 죄목이 있었을 것이다
선한 사제를 향해 아래 춤을 내리고 오줌을 눴거나
만인의 존경을 받는 지도자를 조롱했거나
'간음하지 마라'는 서판을 미친듯이
범해버렸을 것이다
(아니 모든 것을 동시에 저질렀을 수도 있다)
그래서 원로들이, 교사들이, 예배당의 첨탑들이
모여 그 이름 위에 검정색을 칠하고
저주를 퍼부으며 파문을 결정했을 것이다
한편으로는 회유도 했을 것이다
저주에 선동된 무리 중 하나가 흉기를 숨기고 다가와
옷자락을 피로 물들였을지도 모른다
그래서 사람들은 관습과 미풍양속과 명령에
복종하는 평화를 택하게 된다
존재가 암흑이 될 수도 있는 위험은 피하게 된다
그러나 태양이 눈을 감을 때
별빛이 드러나 하늘의 심장처럼 쿵쾅대듯
검정이 되는 건 고독이 된다는 것과 같은 말이다
자신의 이름을 먼저 지워버릴 수 있는 용기만이
세상에서 지워지는 모욕을 뒤집어쓸 수 있다
자신을 먼저 더럽힐 수 있는 사람만이

큰길을 벗어난 오솔길처럼
세상에게 검정 칠을 당할 자격이 있다
그것은 가슴에 매달 훈장이 아니니까
역사에 제출할 이력서가 아니니까
그것은 낡은 불을 꺼버리는 광기,
사랑을 향해 흐르는 야윈 흐느낌이니까—

민주주의는―

민주주의란 말처럼 뜯어먹기 좋은 빵도 없다
누구는 정권교체를, 누구는 지도자의
온화한 미소를, 누구는
언론의 자유와 집회 결사의 자유가 민주주의라고 한다
표현의 자유는 영영 내려오지 않을 것처럼
허공에서 펄럭이고 있다
그러니까 민주주의는 자유와 같은 말이다
한편 민주주의는,
흘린 피를 닦아주고
식어가는 손을 잡아주고
부패한 권력이 흘린 부스러기를 쓸어주기도 한다
그러나 아무도 민주주의의 실체를 본 적이 없다
만진 바도 없다 감격에 겨워
제대로 부둥켜안아보지도 못했다
민주주의는 공기와 같아
숨이 막힐 때만 찾는다
흐르는 냇물 같아 썩은 내가
진동해야 가슴을 친다
아, 그러나 민주주의는
밭고랑이 된 어머니의 검은 얼굴을
가만히 닮아가는 일이다
동네 입구 당산나무를 위해
삼삼오오 모이는 일이다

민주주의는 절차도 아니고 협의도 아니다
공정한 선거도 아니다
우리집의 불빛이 아무 때나
어두운 들판으로 마실가는 일이다
들판이 들판이 되는 일이다
민주주의는 분배가 아니라 공유
민주주의는 평화가 아니라 싸움
민주주의는 권리가 아니라 윤리

언제나 발걸음을 끌고 가는 오늘이다

좁쌀만한

좁쌀만한,
좁쌀만한 것만 있으면 된다고 한다
좁쌀 한 알에 우주도 있고
폭풍우도 있으니 좁쌀만한,
전진만 있으면 된다고 한다
좁쌀만한 자유, 좁쌀만한 평화, 좁쌀만한
민주주의, 좁쌀만한 웃음, 좁쌀만한 좁쌀
(언제부터인가 우리집은
밥에 좁쌀을 넣지 않는다.
물로 씻을 때마다 체를 빠져나가기 때문이다.)
그래서 현 정부를 믿으면 된다고 한다
좁쌀만한 믿음만 있으면
사랑은 봉우리만 밟고 걷는 거인처럼
우리에게 올 거라고 한다
좁쌀만한, 좁쌀만한 것만 있으면
모든 게 순조롭고, 무사하고, 태평하고
결국 나태하고, 퇴보하고, 추락하고
아······ 끔찍한 역사를 되풀이한다
좁쌀만한 치부를 하는 동안 강물이 썩고
산이 두 동강 나고 어린아이가 죽고
휠체어는 내던져졌다
여성의 구두가 벗겨졌다 공장 굴뚝에
연기 대신 사람이 펄럭였다

그놈의 좁쌀만한 비겁 때문에
그놈의 좁쌀만한 일상 때문에
그놈의 좁쌀만한 안위 때문에
그놈의 좁쌀만한,
좁쌀만한,
좁쌀 같은,
아니 좁쌀만도 못한……
(좁쌀에는 고혈압을 예방하고
설사를 멈추게 하는 효능이 있다.)

아무것도 모른다 우리는
―성주 소성리를 생각하며

흙이 묻지 않은 발이 남긴 길을
더이상 믿지 못하는 것은, 이제
먹을 만큼 먹은 나이 때문이 아니다
변할 대로 변한 강산 때문도 아니다
전쟁을 점방 물건처럼 마구 들여오는 사람들이 있는 한
믿을 건 뜨락에 올라온 흙덩이거나
흙을 구워 만든 밥이거나 아예
얼굴이 흙이 되어가는 우리뿐이다
우리는 전쟁을 준비할 만큼
한가롭지 않다 곧 밭을 갈아야 하고
얼었다 녹으며 무너진 논둑을 다져야 되고
경로당에 흩어진 화투패도 모아놔야 한다
우리는 노란 참외 꽃을 가꿔야 한다
뼈마디 사이로 지나가는 먹구름을 배웅해야 한다
혼자 마당을 지키는 누렁이의 밥그릇에
삶은 개밥을 채워놓아야 한다
하루종일, 1년 내내 흙을 밟지 않는
반들반들한 구두코가 사인한 종이 쪼가리를 우리는 모른다
거기에 적힌 글자들을 모른다
새벽에 도둑처럼 들여온 미사일도 모른다
간밤에 꽃이 오고 있다는
바람 소리만 들었을 뿐
흙 묻은 웃음만 꿈에 왔다 갔을 뿐

우리의 가난한 시간을 건들지 말아다오
흩어지면 먼지가 되고 모이면
단단한 돌멩이가 되는 생활을 욕보이지 말아다오
아무것도 모른다 우리는
바람과 저녁노을과 쉬지 않고 흔들리는 꽃과
이제는 합죽이가 된 동무와 막걸리에 취한 노래 말고는
무너진 관절을 일으키는
끄응,
이 우렁찬 말밖에는

우리가 혁명이 됩시다!
—2016년 12월 겨울 광장에서

부정과 협잡으로 얼룩진 시간이었습니다
퇴락과 원한이 도도한 시간이었습니다
강을 막아 해먹고,
납품 비리로 해먹고,
리베이트 받아 해먹고,
설계도면 바꿔서 해먹고,
여기서 한 움큼, 저기서 한 보따리, 이런저런 세금 올려
또 뜯어먹었습니다
자식이, 친구가, 종교가, 정당이, 비선이, 참모가
몰래 빼먹고, 적당히 구워 먹고, 뒤집어서 해먹고,
남는 것 버리는 척 한번 더 뺑땅을 쳤습니다
1년 내내 지은 쌀을 후려먹고,
계약직으로, 하청에 재하청, 용역에 알바를 통해
아예 대놓고 빼앗아가기도 했습니다
지난 10년, 아니 지난 100년, 저들이 이렇게 해먹자
교회가, 문학이, 대학이, 언론이, 노동조합이 함께 해먹
었습니다
말은 쓰레기처럼 나뒹굴고 기도는 헌금과 교환되었습니다
학교는 어리석은 양을 사육하는 집단농장이 되었습니다
찬 바다에 아이들이 영문도 모른 채 빠져 죽어도
밀을 가꾸던 농부가 물대포에 맞아 죽어도
구하지 않았고, 명복을 빌지 않았고, 차라리 귀찮다는 듯
더러운 침을 퉤퉤 뱉었습니다

이 땅에서 빨리 꺼지라고 발길질을 했습니다
우리는 이렇게 살아왔습니다
퇴근길에 쓴 술이나 마시며 그저 목숨을 부지해왔습니다
자식에게 애인에게 늙으신 어머니에게
마침내는 낯선 여성에게 폭언을 퍼부으며
주먹질을 해대며 죽이기까지 했습니다
우리는 지난 시절 이렇게 썩어갔습니다
누가, 어떤 집단이, 어떤 시러베아들 놈이 한 짓인지
우리는 차라리 잊으려 했습니다 누가
우리의 영혼에 폐수를 무단방류했는지 누가
우리의 정신에 역겨운 바이러스를 설치했는지
우리는 속고 살아왔습니다
우리 자신을 속이며 살아왔습니다
저들이 지난 10년 동안 부수고 깬 자리에 군함을, 미사
일을,
괴물 같은 송전탑을 세우고
저들이 지난 10년 동안 공장 문을 노동자의 허락 없이 닫
아걸고
저들이 지난 10년 동안 쪽방에 사는 우리의 이웃을 굶겨
죽이고
저들이 지난 10년 동안 가르고 분류하고 추려내고
시를 더럽힐 때
우리는 청맹과니였습니다

알아도 그냥 버려지였습니다
우리는 한편으로 그것들을 우러러봤습니다
우리 자신을 스스로 괴롭히기까지 했습니다
비겁했고 구차했습니다
지난 10년, 저들이 더럽혀놓은 지난 100년을 쓸어내고
함께 나누고 함께 먹고 함께 울고 함께 석양을 걸어가는,
동시에 홀로 휘파람을 불고 홀로 고요에 휩싸이고 홀로
책을 읽는
시간을 이제는 가질 수 있겠습니까?
노예로 산 시간을 영영 떼어내고 사랑과 자유가
정오의 태양처럼 가득한 나라를 만들 수 있겠습니까
반짝이는 강물과 악보 없는 음악인 잎사귀와
가난하고 따뜻한 밥상과 함께 살 수 있겠습니까
그렇다면 먼저 저들을, 지난 10년을, 구태를, 탐욕을, 부
정을,
부정이 낳은 부정을, 그 부정의 부정을, 넘쳐나는 저 거
짓 웃음을
깨끗이 몰아냅시다 깨끗이
몰아내고 깨끗해질 때까지 몰아냅시다
깨끗해져서 다시 비바람이 올 때까지
깨끗해지다못해 강물이 둑을 넘쳐 흐를 때까지
우리가 밤하늘을 뒤덮은 성좌가 될 때까지……

우리가 혁명이 됩시다!　　　　　　　　　　　　　　—

—

헌시

바람이 바람을 만들고
꽃이 꽃을 피운다
제방을 넘은 물은 물길을 만들고
노래는 노래를
함성을 새로운 사랑을
어린아이의 발걸음을 만든다
노동자의 망치질이
따앙— 따앙—
검게 그을린 영혼을 만들듯
눈동자는 소행성을 만든다
싸움이 싸움을 만들고
적을 만들고
심장을 만들고
소나기를 만들고
벌레의 휴식을 만들고
노란 참외밭을 만든다

바람의 바람이여
방향을 버려버린 물길이여
허공을 탄주하는 노래여
죽음을 죽이는 죽음이여
꽃잎의 영원회귀여……

4월

4월에 피는 꽃은 이제
어제의 그 꽃이 아니다
그러나 새로운 꽃도 아니다
꽃잎의 표정이 달라졌고
바람은 더이상 머물지 않는다
벌은 비행의 기억을 잃었다
허공에 가득했던 태양도 사라져갔다
이제 4월에 피는 꽃은
꽃이 아니다
기다림도 아니고 심장을 두드리는
스틱도 아니다
먼지만 앞산을 뿌옇게 가렸다
당신에게 가는 오솔길이 사라졌다
4월에 피는 꽃은
이제 식어가는 웃음,
해고된 노동자의 영혼 같다
차가운 바다에 버려져
아직 떠나지 못한 사람들 눈빛 같다

해설 —

세계의 기원

박수연(문학평론가)

황규관 시의 중요한 영역 하나가 세계의 근본을 묻고 답하는 데 있다는 점은 예전이나 지금이나 여전한 듯하다. 이 점이야말로 황규관의 시를 읽는 중심축일 것이다. 그 물음과 답변을 진행하는 과정이 시의 내용이고 그 내용을 이끄는 상태가 시인의 마음일 텐데, 황규관의 마음은 그중에서도 시의 자아가 만들어지고 성장하는 조건들을 노래하는 일에 자주 머물러 있다. '정치적 생태주의'라고 명명하면서 나는 그것을 '노동'의 문제와 연결한 적이 있다. 인간의 노동이 신체의 생체리듬과 떨어질 수 없는 것이라는 점에서, 그리고 인간의 생체리듬이 생명의 근원에 이어지는 것이라는 점에서 세계의 근원은 곧 신체를 통해 밝혀질 수 있을 것이었다. 황규관의 이전 시집은 그 문제의식에 지펴 있었다. 백무산의 시 「노동의 근육」을 잇는다고 여겨지는 그의 시 「흐르는 살」을 그런 생각으로 읽어보면 될 텐데, 이 시에서 황규관의 결론이 흥미롭다. 90년대 이후의 지적 담론에서 압도적이었던 화두가 '욕망'이었고, 황규관은 그 욕망을 인정함으로써 얻게 된 삶의 관점을 이렇게 써두었다. "나는 이승의 어떤 탐닉에 대해서는 너그러워지기로 했다//살이 얼었던 마음을 녹인다/살이 굳어버린 영혼을 살린다/강물 같은 살이/달빛 같은 살이"(「흐르는 살」). 이 구절들을 살펴보면, 이승의 탐닉이 곧 '신체-감각'의 욕망에 연결되리라는 사실을 독자들은 곧 알 수 있다.

욕망을 인정하기로 한 이 태도가 지금은 어디로 뻗어갔을까? 시인뿐만 아니라 모든 사람에게 자아의 조건은 곧 세계 생성의 바탕으로 이어진다고 해야 한다. 하나의 자아는 이미 내부에 그렇게 만들어질 씨앗이 있기 때문이 아니라 그 자아의 형태를 주형하는 외부 세계가 있기 때문에 가능한 것이다. 그런데, 세상 모든 일이 항상 바탕과 함께 있는 것은 아니니까, 저 바탕에서 파생된 무수한 존재가 문득 바탕에서 떨어진 자리를 확인하면서 침묵해야 하는 순간들이 있다. 세계의 황혼 같은 순간에 세상에서 숨을 쉬던 존재들이 모두 그럴 것이다. 내 눈앞이 깜깜해질 때, 자아를 만들어준 바람이며 햇살이며 어머니의 젖은 목소리가 도대체 무엇이었는지 아득해질 때 사람들은 바탕에서 떨어져나와 침묵하는 존재가 된다. 이때 '신체-감각'의 욕망은 어떻게 될까?

시인의 진술을 따라가다보면 때로는 변한 현실과 떠난 사람들에 대한 절망도 나타나고, 절망 너머의 시간에 대한 침중한 기대도 나타난다. "소비에트 사회주의가 무너지자 모두 품고 있던 불을 버렸다"(「불에 대하여」)는 구절은 절망하여 단자화된 사람들 이야기이고, 잊지 못할 얼굴을 떠올리며 행하는 "영혼은 뜨거운 진흙덩어리"(「슈퍼 문」)라는 진술은 "태초"(같은 시)를 생각하는 사람의 주장이다. 이를테면, 시인은 한때 '신체-감각'의 탐닉에 대해, 아마도 그 욕망의 탈주적 가능성을 고려하면서, 고민했으면서도 그것의 현실적 탐식성에 압도되어 소멸되는 근대 극복의 지평과 관련해서는 꽤 심각한 번민과 무력감에 사로잡혀 있는 것이다.

　이번 시집의 두번째 시「호미」는 그래서 특별하다. 세계의 기원으로서의 신체의 노동과 결합되기도 하고, 세계 자체와 힘껏 자웅 겨루기 같은 것도 했을 그 도구, 신체의 연장으로서의 도구가 어느 날 침묵하는 순간이 온다.

　　인간의 가장 위대한 발명품은
　　풀을 매고 흙덩이를 쪼개고 뿌리에
　　바람의 길을 내주는 호미다

　　(……)

　　호미는 흙을 모으고
　　덮고 골라내며 혼잣말을 한다
　　그러다 혼자돼 밭고랑에서 뒹굴기도 한다
　　전쟁을 일으키지 않는 호미야말로
　　인간의 위대한 이성을 증명하지만,
　　산 귀퉁이 하나 허물지 않은 그 호미가
　　낡아가는 흙벽에
　　말없이 걸려 있다
　　　　　　　　　　　　　　　　—「호미」 부분

　호미가 한때 세계의 동력이었다면, 지금은 더이상 동력이 아니다. 인간이 도구를 통해 세계와 결합한다는 말은 무엇인가 실제적인 것을 만들어내는 노동을 통해 세계를 움직인다는 뜻이지만, 시에 그려진 호미는 더이상 그런 도구가 아니다. 한때 세상의 많은 것을 만들었으나, 이제는 몸이 닳아 밭고랑에 뒹굴다 벽에 걸려 침묵하는 호미는 세계의 뒷방에 아슬하게 매달려 있는 존재일 뿐이다. 노동의 상징이기도 하고 수많은 생산 과정에서도 전쟁을 일으키지 않았으며 산귀퉁이 하나 허물지 않은, 아마 시인의 어머니의 상징이기도 할, 그래서 세상 모든 사람의 '손안에 있던' 도구가 이제 홀로 있다는 사실은 이 세계를 제작하던 삶의 도구가 생산의 활력을 상실한 채 이미 황혼으로 기울었다는 것을 뜻한다. 도구는 손의 연장으로서의 도구이며, 따라서 신체에 속하는 것으로서의 도구이다. 그것이 바탕에서 떨어져나와 홀로 있는 풍경은, 사람의 손안에 있던 도구가 홀로 그 자신이 되었음을 의미한다. 그것은 자기 자신으로 자립되어 있다. 독자들이 볼 것은 그러므로 자립하여 홀로 호미 자신의 모든 바탕을 상상하게 하고 이제 그 자신 자체의 목적이 된 사물이다. 그것은 무엇을 향한 욕망이 아니라 노동의 진리를 숨겨서 가진 믿음직한 사물이다. '신체-감각'의 노동에 그것이 결합되어 있었을 순간이 그렇게 영원히 기억된 것이다.

주목할 만한 곳은 호미가 증명하는 "위대한 이성"이라는 구절이다. 호미는 신체의 연장으로서, '신체-감각'의 욕망이 아니라, 신체가 속한 세계와 관계맺는 도구이고 이성

이다. 또 호미는 혼잣말을 하다 잊혀져 밭고랑을 뒹구는 상
태에 이르러서도 어떤 복수심이나 원한의 전쟁을 일으키지
않는 평화주의자이다. 그런데, 그 호미가 모든 노동이 중지
된 시간에 홀로 흙벽에 걸려 있다. 그것이 혼자인 것은 신
체의 연장으로서의 제 역할을 그것이 현재 하고 있지 않기
때문이다. 그것은 지금 관계맺고 있지 않은 존재이다. 그러
므로 아마, 이 시에는 황규관이 지금껏 살아온 세계의 노동
과, 삶의 탄생과 수많은 생성, 실패, 아쉬움 같은 것들이 함
께 섞여 뒹굴고 있을 것이다. 하이데거라면 도구의 전체성
이라고 불렀을, 전체이면서 자기 자신으로 있는 호미의 말
없음은 침중한 개인의 침묵이다. 욕망이 아니라 이성 자체
인 침묵이며, 시대의 변화와 함께 경험하는 이성의 침묵이
시를 사로잡고 있다.

　이번 시집의 1부는 특히 시대적 좌절과 착오를 덮어버리
는 침묵에 연결된 질문과 답변의 시들로 이루어져 있다. 질
문은 필연적이고 답변은 명확하다. 가령, 「슈퍼 문」 같은 작
품은 시의 첫 행과 마지막 행만으로도 세계를 바라보고 이
해하는 시인의 주제의식을 어렵지 않게 드러낸다. 내용 이
해가 수월하다는 뜻이 아니라 내용이 뻗어가는 방향이 잘
감지된다는 뜻이다. 첫 구절 "우주에는 차가운 침묵과 암흑
물질만 있는 게 아니다"라는 진술은 마지막 구절 "마른 들
판에 강물이 번지고/저 달이 폭발하는 태초를 다시 살 수 있
다"라는 진술로 마무리되는 명확한 주제의식을 드러낸다.

세계는 아무리 고통스러워도 다시 출발해야 한다는 인식이 거기에는 있다.

「호미」가 중첩된 의미를 통해 이성을 중심에 놓은 세계의 반전을 기대하게 한다면, 실제로 현실의 반전을 도모하는 시는 「총파업」이다. "불을 끄고/자동차를 멈"추니 "강물은 다시 흐르고/눈동자는 활활 탄다"는 진술은 시집 1부의 주제이기도 할 것이다. 시인은 근대문명의 불을 끄고 다른 세계를 도모하는 중인데, 그 세계가 생태주의적 전망에 근거하고 있으되 근대를 넘어선 이후 우주적 온생명의 아름다움 같은 것으로 손쉬운 해결책을 제시하지 않는다. 그의 시는 차라리 근대문명의 운명을 암시하는 묵시록으로 읽어야 마땅하다.

세계의 고통 너머를 상상하게 하는 반전의 결과, 삶을 위해 피운 불이 삶의 빛일 달빛과 별무리를 배신하고 삶의 터전일 대지를 불태웠다는 생각은 세계의 더 큰 싸움에 대한 상상으로 나아가는데, 「큰 싸움」이 그렇다. 이 원리를 알기까지 시인이 최종적으로 겪은 것은 파멸과 소멸과도 같은 일들이다. 파괴적이고 패배적인 현실 인식이 잘 드러나 있는 「문래동 마치코바, 이후」에 따르면 노동의 희망이 더이상 존재하지 않는 장소를 향해 사람들은 이동해왔다. 그 결과 사람들은 이제 고통을 짊어질 힘도 가지고 있지 않고, 너무 부유하나 가난하고, 너무 거대하나 모래알보다 작은 존재에 지나지 않는다.

힘이 없고 모래알보다 작아졌다는 말은 그러나 작아져서
다른 차원의 세계로 나아가는 시적 상상력의 징검다리이다.
황규관은 종종 김수영의 어법을 빌려서 자신의 마음을 드러
내곤 하는데, 모래의 상상력 또한 마찬가지이다. 김수영의
「어느 날 고궁을 나오면서」는 흔히 오해하듯이 모래알처럼
옹졸한 존재에 대한 폭로의 시학에 그치지 않는다. 오히려
이 시는 더 작은 민중적 뿌리의 존재로 거듭나야 한다는 의
지를 보여주는 작품인데, 황규관의 상상력이 바로 그렇다.
이때 '모래'는 다음 생을 위해 거쳐야 할 필요조건과도 같
은, 생의 모든 아픔을 압축하는 존재 형식이다.

　　　이렇게 속도에 부서지고
　　　효율과 이윤에 몸을 내어주면, 몸이 먼저
　　　그것을 아는 것이다
　　　높이 뜬 구름도
　　　석양에 가난해지는 강물도
　　　누추한 슬픔이 되는 것이다

　　　죽음도 작아지고 마는 것이다

　　　그러나 이렇게 앓아야만
　　　이 세계가 얼마나 잔인한지 보인다
　　　그러나 이렇게 버려져야만

몸에 새겨진 굴욕이, 숨을 내쉰다

아픔은 그래서 다른 종으로 넘어가는 끓는점 같은 것
뼈마디 사이로 불어오는 신의 숨결 같은 것

때로는 아픈 게 큰 싸움이 된다
                                —「큰 싸움」부분

　시인이 보는 것은 앓는 세계이다. 어느 정도인가 하면 '죽
음도 작아'질 만큼 굴욕에 빠질 정도이다. 이 파괴적 시대의
한복판에서 '부서지고' '가난해지고' '작아지고' '버려지는
것'을 포착하는 시인의 시선이 곧 '모래'와도 같은 존재들의
마음으로 통할 텐데, 그가 '슬픔'이며 '아픔'이라고 쓰는 대
상이 곧 그것이다. 그 아픔을 거쳐, 혹은 모래와도 같은 슬
픔을 거쳐 세상이 새로워질 수 있다고 쓰는 마음이야말로
시집 1부의 중심 내용이다. 새로워지기 위해서는 모래알처
럼 아파야 한다. 가장 세밀하게 아플 때 존재들에게 질적 변
화의 비등점이 오고 그렇게 세계의 사이사이로 신의 숨결이
도래한다. 그것이야말로 '큰 싸움'임에 틀림없다.
　근대문명을 넘어서려는 요청적 태도이기도 할 생태주의
의 관점이 대략 이렇다면, 황규관은 생태주의자인 것이 맞
다. 그런데, 이 주제를 제시하는 황규관의 어법이 특이하다.
많은 생태주의적 어법이 시의 의미를 지나치게 노출시키는

근거 없는 낙관성에 휘둘리고 있는데 비해 그의 태도는 사뭇 비장하거나 엄격하기 때문이다. 그는 21세기 한국시의 여러 언어적 혼류로부터 떨어져서, 다시 말해 미지의 세계가 불러오는 불안과 두려움 앞에서 내파하는 비명의 혼돈의 언어와 달리 시적 대상들을 명쾌하게 자르고 정리하고 규정한다. 이 어법은 환유적이라기보다는 은유적인데, 그 이유는 그가 여전히 세상을 바라보는 핵심적 전망을 놓지 않기 때문일 것이다. 한때 그는 '이승의 어떤 탐닉'을 표현하는 '신체-감각'의 욕망을 용납하는 발언을 했지만, 「호미」와 같은 시에 와서는 신체의 연장으로서의 노동 도구로 귀결되는 세계의 근원성을 바라보고 있다. 이 전망은 물론 직선적이지 않고 나선적이다. 그는 세계의 본질이 '진보'나 '정의'가 아니라 그것들의 '뒤엉킴'이라고 쓴다(「슈퍼 문」). 실은, 지난 시대의 어떤 사람도 현실의 직선적 변화를 믿었던 사람은 없을 것이다. 때론 여러 논쟁의 형식주의가 직선적 전망을 강조했지만, 그것들의 바탕에는 언제나 나선형의 뒤섞임을 변화의 방식이라고 생각하는 경향이 있었다. 그것이 아무리 높고 큰 이야기라고 해도, 스스로 모래가 되고자 하는 사람에게 커다란 시간의 이야기란 삶 전체를 조망하도록 하는 빛이기도 한 것이다. 이렇게 세계의 근원적 출발을 오래 묻고 답해왔던 시인에게, 그의 시어들이 크고 높은 생각을 직접 표출한다고 해서 관념적이라고 비판한다면 그것은 온당치 않은 일일 것이다.

더구나 시적 대상들을 추상적 언어로 짜고 들고 내미는 방
법은 최근의 시단에 있어서는 황규관 고유의 영역이라고도
할 만하다. 그의 시가 최근 시들의 언어적 혼류로부터 거리
를 두고 있다는 말은 이런 의미이다.

아이디얼리스트로서의 면모를 보여주는 이 방법에는 다
른 뜻도 있다. 이미지의 구체성을 선호하는 근대시 이후 시
인의 관념을 직접 노출하는 시는 언어를 사용하는 데 있어
서 미숙한 능력인 것처럼 평가되어왔다. 그 대신 관념의 대
리물을 찾아 사용하는 방법이 더 널리 인정되었는데, 이는
언어가 가진 노래로서의 성격으로부터 벗어나서 눈으로 보
는 시의 특징이 새로 주어지고, 한편으로 언어의 사물성이
부각되면서 강조된 것이다. 이것은 비가시적인 것을 가시화
하여 지배하려는 시각중심주의에 연결되기도 하지만, 관념
을 표현하는 것으로서의 언어가 그 자체로 하나의 독립된
사물이 되는 사태는 아무래도 근대의 사물화 경향과 무관하
지 않을 터이다. 사물화된 사회의 언어적 결과라고 해도 될
것이다. 대부분의 시의 언어들은 어떤 징후를 드러내는 것
이어서, 결국 시의 언어를 사물처럼 인식하기 시작한 것도
일종의 사회적 징후과 무관하지 않을 것이기 때문이다. 시
가 이미지로 말하는 것은 설명을 통해 환기되거나 제시되는
것인데, 징후가 곧 그것이다.

그런데, 세계의 기원을 탐구하는 시인에게 그 징후적 언
어란 곧 말을 반만 하고 마는 것과 같아서 항상 더 정확하거

나 많은 것을 말해야 할 것 같은 무엇인가가 시의 언어를 맴돌게 된다. 황규관의 시가 매우 자주 추상어를 이용한 규정과 분석에 집중하는 것은 그와 같은 현실과 언어작용에 대한 시인의 못 미더움을 원인으로 갖기도 할 것이다. 이미지의 구체성에 매달리지 않고 이미지 너머의 기원을 찾는 사람이 황규관이라면, 그는 운명적으로 어떤 모든 것의 이데아에 사로잡힐 수밖에 없다. 실은 모든 혁명주의자가 그럴 텐데, 그 이데아가 생태주의적 온생명이든 정치주의적 인간 해방이든 마찬가지이다. 황규관이 때로 관념적으로 말하는 삶의 중심은 바로 그것이다.

그와 함께, 중심을 감싸고 도는 기억의 구체적인 모습들이 있다. 황규관에게는 '고향 마을의 소년'이나 '가난이 희망이던 청년' 그리고 이 모든 것을 감싸 흐르는 바람과 강물이 저 세계 생성의 주인공이자 조건이다. 이번 시집은 그 주인공과 조건의 기억들, 그리고 그것들의 절망을 본격적으로 다룬다. 이 절망은 생성하고 소멸하는 세계 자체의 절망일까, 아니면 여전히 그리운 기다림 속에서 삶을 버틸 때 시인을 사로잡는 패배의식일까?

시집 3부는 황규관이 드디어 드러낸 그의 시와 삶의 비의적 근원들에 대한 이야기이다. 근원이 다수로 이야기될 수 있는가에 대해서는 시인의 감각에 물어야 할 질문이지만, 여기에서는 시인이기 때문에 복수일 수밖에 없다는 답으로 대신하기로 하자. 모든 시는 매번 모든 이데아이다. 그래서

시인은 과거와 누더기가 세계의 출발이며 이전 시집의 발언
과는 달리 "새로움을 향한 욕망을/나는 언제부터인가 의심
하기 시작했다"(「옛집」)고 쓴다. 그런 마음으로 3부의 시편
들 중에서 「소년을 위하여」와 「가뭄」과 「국수 한 그릇」을 읽
어보도록 하자. 황규관이라는 시인의 자아가 만들어지는 시
절의 소년과 소녀, 그리고 그 모든 것들이 합해져 "다른 몸"
으로 되는 시간들이 이 시편들에 있다. 「소년을 위하여」를
우선 전문 인용한다.

학교 가기 전 소를 매어두는 일은 열 살 소년에게는 힘
에 부친 일이다 강물만 보이면 송아지는 바람처럼 내달렸
고 그런 새끼가 걱정되었는지 소년의 손등을 핥기 좋아하
던 어미소도 소년이 쥔 고삐를 뿌리쳤다. 소년은 그 힘을
이기지 못해 함께 달려야 했는데 송아지가 멈춰 서는 곳
은 언제나 깊은 웅덩이 앞이었다 그제야 송아지는 이슬에
젖은 무릎을 스윽 핥고 어미소에게 되돌아오고 어미소는
꼬리를 팔랑팔랑 흔들었다

송아지를 따라 달리다 지친 소년에게는 어느새 들판과
강물이 들어와 있었다 책가방을 챙겨 학교를 갈 때 송아
지처럼 달리기를 좋아했다 어린 슬픔으로 심장은 조금씩
단단해졌지만 웅덩이를 들여다보는 버릇도 생겼다 그럴
수록 두려움은 조금씩 깊어갔지만, 돌아보면 지나온 길이

펄떡이고 있었다 어느 쪽으로 가든 들판으로 가는 길이었
고 강물은 저녁노을에 반짝이고 있었다

　강물이 막히고 들판이 조각조각 거래되는 시간이 오자
소년은 혼자가 되었다 송아지가 달리던 강안도 사라졌다
소년은 학교를 떠나 거리로 나갔지만 몸안에는 휘어져 흐
르는 강물이 그치지 않았다 왜가리는 수면 위를 스치듯 날
고 오리 가족은 옹기종기 햇볕에 깃털을 말리고 있었다 장
마에 무너진 모래섬도 한 뼘씩 자라고 있었고 무성한 갈대
사이를 지나며 바람은 점점 노래가 되어갔다
　　　　　　　　　　　　　—「소년을 위하여」 전문

　들판과 강물과 웅덩이가 아름답게 각인된, 근원을 불러오
는 시이고 시인이 탄생하는 시이다. 송아지가 달려가 멈춘
깊은 웅덩이 앞에서 소년이 본 것은 무엇이었을까? 제 삶이
시작되기 전의 얼굴이 그곳에 있었을 것이고, 얼굴 속의 까
만 눈동자도 있었을 것인데, 그곳이 두려웠다고 시인은 쓴
다. 제 삶이 두려운 것을 미리 알아버린 소년이 삶을 견딘 것
은 어디로든 열린 들판·길·강물의 세상일 터이다. 끝까지
소년을 지킨 것은 강물이다. 들판과 깊이 쪼개져 팔린 세상
은 웅덩이의 두려움을 더했을 것이다. 시집 1부에 집중적으
로 진술된 근대문명의 불모화하는 힘 앞에서 현실의 힘겨움
을 접했을 소년을 가르친 것은 강물인데, 그 강물마저 막힐

때, 소년의 몸에는 오히려 강물이 그치지 않는다. 송아지를 따라가 웅덩이를 만나고 강물을 받아들이는 소년 이야기는 시인이 고향에서 경험했을 이야기가 도달한 일상적 신화이다. 그 소년 앞에 어느 날 소녀가 있었던 모양이다.「가뭄」은 저 강물의 사랑을 통째로 삼킨 기억과 함께 있다.

　　소녀는 강둑에 앉아
　　제 몸을 음악으로 만들고 있었다
　　내 사랑이 자랄수록 슬픔의
　　수위는 올라갔지만 끝내
　　강물은 소녀를 휘감아버렸다
　　놀라움에 그 자리로 달려갔지만
　　강물은 마르고 모든 게 감쪽같았다
　　음악은 사라지고 소녀는
　　영영 떠나버렸다
　　나도 낡아버렸다

　　　　　　　　　　　　　　　―「가뭄」 부분

　저 가뭄은 단지 대지의 가뭄만이 아닐 것이다. 음악과 소녀가 사라지고 '나도 낡아버린' 삶의 장소는 그 삶의 신선함과 호기심이 더이상 작동되지 않는 곳일 것이다. 소년이 바람의 노래를 듣던 장소가 그곳이었고, 웅덩이 속의 두려움을 생의 깊이로 간직하던 장소도 그곳이었다. 그것들의 낡음 속에서 시인은 모래가 되고, 절망을 알고, 모래와 절망의 힘으로 일어섰다가 호미처럼 닳아 없어질 듯 위태롭게 홀로 견디고 있는 중일지도 모르겠다. 그 과거가 미래처럼 우리 앞에 있다. 그것은 불안인가 희망인가?

　시는 언제나 과거와 미래가 함께 있는 장소이다. 그곳에는 모든 것이 뒤엉켜 있다. 뒤엉킴 속에서 우리 모두는 낡아 버린다. 너무 많은 주체의 움직임이 너무 많은 시선의 경연 장처럼 표현되는 시대에 황규관은 「슈퍼 문」에서 그 다수의 주체와 시선을 모두 합해 "너무 많은 목숨"이거나 "진흙덩어리"라고 썼다. 그것이 자연이라면, 자연 속에서 모든 것이 뒤엉키는 일은 실로 당연하다. 자연은 "형식을 갖춰 배울 필요가 전혀 없는 능력의 힘으로(능력에 의해) '자발적으로' 소통할 수 있기에 '자연스럽게' 보이는 환경"(A. 고르)이다. 이 자연의 뒤엉킴이야말로 특별한 능력이 아닌 선천적 능력인 것이다. 시집을 읽으면 자연스레 마음이 엉켰다가 풀려나는데, 언어의 리듬이 그때 비로소 흘러오기 마련이다. 리듬은 사물과 존재들의 율동일 것이다. 혁명이었다가, 모래였다가, 아픔이었다가, 신생인 그것은 아득하고 가까운 감정들의 총체이다. 황규관의 두 세계, 혁명의 세계와 자연적 기원의 세계가 이렇게 있다. 절망했으나 모래처럼 작아진 몸으로 노동의 이성을 되살려 신생하기를 꿈꾸는 황규관과 바람의 노래를 기억하면서 강과 들판과 들길의 소년을 기억하여 다른 몸으로 거듭나길 바라는 황규관이 그 세계의 주인공이다.

　시집을 읽은 후 아득한 마음이 된다. 근본주의와 신화적 서정이 한데 말려 있는 언어들을 덮는 순간은 세상이 함께 덮이는 순간이다. 저 무수히 많은 소년의 눈동자가 시인의 가슴속에서 빛나고 있으려니 하면 문득 황규관의 모든 언어가 눈동자인 듯하다. 그 눈동자가 지금 어디로 갔는지 시인은 묻고 있다. 시집의 두번째 시 「호미」 또한 그 질문에 연결되어 있을 것이다. 이렇게 보면, 이 시집은 이제 저 대지의 현장에서 돌아와 홀로 있게 된 존재의 자기 물음을 바탕에 둔 작품들의 세계라고 할 만하다. 그 물음조차 힘겨운 사람들의 시대에 시인이 강물을 떠올리며 그것을 묻는다. "어린 내가 서러우면 강둑에 앉아 흐르는 물을 넋 놓고 바라보곤 했다//우리는 지금 누구에게 설움을 하소연하며 살고 있는가"(「강물」). 이렇게 묻는다면, 강물을 진실로 경험한 사람이나 아닌 사람이나 모두 시인에게 하소연하는 중이라고 말해야 할 것이다. 그리고 시인은 항상 시인 아닌 다른 사람이 될 준비를 하고 있는 사람이다. 국수를 만들어주던, 호미같은 어머니를 떠올리며 시인이 이렇게 말하고 있는 것이다. 그는 그렇게 하염없는 언어로 우리에게 "다른 몸이 흘러오는"듯 오고 있다.

　　사람은 다른 사람의 설움을 먹고 산다는 걸
　　그곳을 떠난 한참 뒤 어느 길 위에서

유성처럼 알게 됐지만
지금도 국수 한 그릇 앞에 앉으면
그 청빈한 시간이
오늘을 말없이 바라보고 있는 것 같다
우리는 피 한 방울로 와서
거적이 될 때까지 사는 존재라는 듯
꿈이 없어도 길을 더 갈 수 있는
다른 몸이 흘러오는 것이다

—「국수 한 그릇」 부분

황규관 전주시 교동에서 태어났다. 제철소에서 일하며 쓴 시로 전태일문학상을 받고 구로노동자문학회에서 활동했다. 『철산동 우체국』『물은 제 길을 간다』『패배는 나의 힘』『태풍을 기다리는 시간』『정오가 온다』 같은 시집을 냈다.

문학동네시인선 128
이번 차는 그냥 보내자
ⓒ 황규관 2019

1판 1쇄 2019년 10월 10일
1판 2쇄 2020년 3월 17일

지은이 | 황규관
펴낸이 | 염현숙
책임편집 | 김민정
편집 | 유성원 김필균
디자인 | 수류산방(樹流山房)
본문 디자인 | 유현아
마케팅 | 정민호 박보람 우상욱 안남영
홍보 | 김희숙 김상만 오혜림 지문희 우상희 김현지
제작 | 강신은 김동욱 임현식
제작처 | 영신사

펴낸곳 | (주)문학동네
출판등록 | 1993년 10월 22일 제406-2003-000045호
주소 | 10881 경기도 파주시 회동길 210
전자우편 | editor@munhak.com
대표전화 | 031) 955-8888 팩스 | 031) 955-8855
문의전화 | 031) 955-3576(마케팅), 031) 955-8865(편집)
문학동네카페 | http://cafe.naver.com/mhdn
북클럽문학동네 | http://bookclubmunhak.com

ISBN 978-89-546-5796-9 03810

문학동네